EPHRAIM KISHON

# Eine Katze kommt selten allein

– Lustige Tiergeschichten –

Bilder von Friedrich Kohlsaat

Lentz

# Inhalt

# Herkules und die sieben Kätzchen

Wenn Tante Ilka mit einem Korb in der Hand bei uns erscheint, muß man sich auf etwas gefaßt machen. Und da hatte sie uns auch schon an ihren Busen gedrückt.
„Meine lieben Kinder!“ sagte sie mit vor Rührung halb erstickter Stimme. „Wie lieb von euch, an meinen Geburtstag zu denken! So einen süßen Brief habt ihr mir geschrieben! Ihr seid schrecklich lieb zu eurer alten Tante!“
Wir wußten nicht, was wir sagen sollten. Ich jedenfalls war ganz sicher, in der letzten Zeit keinen Brief geschrieben zu haben, geschweige denn einen süßen. Die ratlosen Blicke meiner Ehefrau ließen erkennen, daß es sich bei ihr nicht anders verhielt.
„Schon gut, Tante“, murmelten wir verlegen.
Aber Tante Ilka sagte: „Nein, nein, nein. Ihr habt mich so glücklich gemacht, daß ich mich unbedingt erkenntlich zeigen muß.“
„Aber Tante. . .“
„Natürlich kann sich eine alte, alleinstehende Frau wie ich keine kostbaren Geschenke leisten. Aber das hier wird euch sicherlich freuen.“

Und Tante Ilka zog aus ihrem Korb ein kleines, flauschiges Etwas hervor.
Eine junge Katze.
Wir standen da wie erstarrt. Eine Tafel Schokolade in Geschenkpackung - schön. Was aber sollten wir mit einer Katze? „Nein, Tante Ilka", sagte ich deshalb entschieden. „Wir können dieses Geschenk nicht annehmen. Es ist zu wertvoll."
Es half nichts. Tante Ilka bestand darauf. Sie hatte sich vorgenommen, uns eine Freude zu machen. Und wir mußten sie uns machen lassen, ob es uns freuen würde oder nicht.
Seufzend gaben wir nach. Mit geheucheltem Interesse erkundigten wir uns nach Alter und Geschlecht des Geschenks. Es ist ein Kater, er ist eine Woche alt und hört auf den Namen Herkules, lautete die Antwort.
Von diesem Tag an gehörte Herkules zu unserem Haushalt. Er wuchs und gedieh und war ungemein menschenfreundlich. Es gab keinen Schoß im ganzen Haus, auf den er nicht sofort gesprungen wäre, wohlig schnurrend und mit seinem Dasein sichtlich zufrieden. Mäuse zu fangen hatte er allerdings keine Lut.
„Herkules wird zu dick", stellte ich nach einiger Zeit fest. „Wir müssen ihm weniger zu fressen geben."
Die beste Ehefrau von allen stimmte mir zu und setzte ihn auf strenge Diät. Der Erfolg blieb aus.
„Um Himmels willen!" rief sie ein paar Tage später aus. „Herkules kriegt Junge!"
Tatsächlich war Herkules, entgegen der Auskunft Tante Ilkas,

kein Kater, sondern das Gegenteil und außerdem schwanger. Meine Frau war ganz aufgeregt. „Wir werden süße kleine Kätzchen haben..." flüsterte sie. „Ein weißes und ein geflecktes..."
Eines Morgens, als wir in die Küche kamen, war das freudige Ereignis eingetreten.
Herkules hatte sieben Junge geworfen. Wir fielen beinahe in Ohnmacht.
Aber es waren süße kleine Kätzchen, das ließ sich nicht leugnen. Manche weiß und manche gefleckt. Aber was sollten wir mit sieben kleinen Kätzchen anfangen?
„Wir werden sie verschenken!" sagte ich und war sehr stolz auf diesen Einfall.
„Ja, aber mit welcher Begründung?" fragte besorgt die beste Ehefrau von allen.
„Mit irgendeiner. Als Dank für einen Geburtstagsbrief oder so."
Tags darauf erschienen wir beim Ehepaar Paschut, einen Korb in den Händen. Wir bedankten uns überschwenglich für all die vielen Freundlichkeiten, die Frau Paschut uns erwiesen hatte und händigten ihr ein neugeborenes Kätzchen aus.
„Nein", stieß Frau Paschut hervor. „Wie komme ich dazu... ich will nicht..."
Ihr Protest stieß auf taube Ohren. Wir informierten Frau Paschut, daß es ein männliches Kätzchen namens Romeo war und empfahlen uns hastig.
Noch am gleichen Abend hörten wir an unserer Wohnungstür ein leises Kratzen. Draußen stand Mutter Herkules und hielt

Klein-Romeo zwischen den Zähnen. Mit jenem untrüglichen Instinkt, den Katzen nun einmal ihr eigen nennen, hatte sie ihr Kleines aufgespürt und zurückgebracht. So hatten wir wieder sieben junge Kätzchen im Haus.

Am nächsten Tag ergriff ich das kräftigste von ihnen, bestieg den städtischen Autobus und verschenkte das Tier an Bekannte außerhalb der Stadt.

Da waren's nur noch sechs.

Dabei blieb es zwei Tage lang. Dann vernahm ich aus der Küche die Stimme meiner Frau. Sie zählte.

„Eins, zwei, drei, vier, fünf, sechs, sieben!" zählte sie.

Ich erbleichte. Das war unmöglich. Die Paschuts wohnten schließlich ganz in unserer Nähe. Aber daß Herkules den städtischen Autobus bestiegen haben sollte, um ihr Kind wieder zurückzuholen ... nein, so etwas gab es nicht.

Ein Blick in die Katzenwiege belehrte mich, daß es sich bei dem siebenten Baby um ein Findelkind handelte. Um einen schokoladenbraunen Stiefsohn.

Offenbar war es Herkules gleichgültig, ob es sein eigenes Kind war oder nicht. Hauptsache, die Anzahl stimmte. So waren es wieder sieben.

Die sieben Kätzchen wuchsen mit unglaublicher Schnelligkeit heran und terrorisierten das ganze Haus. Man konnte sich nirgends hinsetzen, ohne daß von unterhalb ein schriller Schmerzenslaut ertönte.

Das brachte mich abermals auf einen genialen Einfall:

„Wir werden Tante Ilka zum Zeichen unserer Liebe und Dankbarkeit das Geschenk zurückbringen!"
„Alle sieben?" fragte meine Frau.
„Nein. Nur Herkules. Der sorgt schon für alles weitere."
Und so geschah es. Wir gratulierten Tante Ilka zur Genesung, von der sie nichts wußte, umarmten sie stürmisch und übergaben ihr den stattlichen Kater Herkules, den sie noch gekannt hatte, wie er *so* klein war. Ich schilderte in bewegten Worten, wie sich Herkules nach ihr gesehnt habe und wie er sich buchstäblich das Herz aus dem Leib miaut hatte. Herkules sprang denn auch prompt auf Tante Ilkas Schoß, wo er wohlig zu schnurren begann. Tante Ilka schmolz. Wir standen noch ein paar Sekunden gerührt daneben und entfernten uns winkend.
Donnerstag verschwanden zwei von den sieben Kätzchen. Freitag drei, Sonntag war keines mehr da. Herkules hatte sie alle abgeholt.

# Vom Hund, der sein Maul nicht halten konnte

Vor ein paar Tagen erschien mir im Traum eine Fee. Sie war etwas über sechzig, sah aber noch recht gut aus.
„Ich komme mit einer erfreulichen Nachricht“, sagte sie. „In unserer Neujahrslotterie wurde Ihre Nummer gezogen. Sie haben drei Wünsche frei.“
Da ich schon lange auf das Erscheinen einer Fee gewartet hatte, brauchte ich nicht lange nachzudenken:
„Erstens wünsche ich mir, daß ich keine Steuern mehr zahlen muß. Zweitens möchte ich die Sprache der Tiere verstehen. Und drittens möchte ich, daß von jetzt an alle meine Wünsche erfüllt werden, ohne Widerrede.“
„Hm“, machte die Fee. „Lassen Sie mich überlegen. Hm. Das mit der Steuer wird sich leider nicht machen lassen. Gegen die Steuer kämpfen selbst Feen vergebens. Und Ihr dritter Wunsch ist dumm und unbescheiden. Bleibt also die Sprache der Tiere. Hm. Gut, bewilligt. Sie werden die Sprache der Tiere ab sofort verstehen.“
Sodann berührte sie meine Stirn mit ihrem ein wenig abgenutzten Zauberstab und verschwand.

Ich wandte mich an unsere Hündin Franzi, die neben meinem Bett lag: „Na, was sagst du dazu?“ fragte ich.
Franzi räkelte sich. Ihre Stimme klang schläfrig:
„Die Fee war vorher auch bei mir, mit ihren drei Wünschen. Ich wünschte mir drei Hammelkoteletts. Aber die alte Hexe meinte, daß die Küche bereits geschlossen sei. Als Ersatz bot sie mir die Zauberkraft, meinen Herrn zu beherrschen. Dazu brauche ich keine Fee, erwiderte ich. Meinen Herrn beherrsche ich sowieso.“
„Wen? Mich?“
„Wen sonst? Habe ich dich vielleicht nicht gut dressiert? Ich wage sogar zu behaupten, daß du einer der bestdressierten Hundebesitzer im weiten Umkreis bist.“
Es verwirrte mich ein wenig, Franzi mit mir reden zu hören, als wäre sie der Schriftsteller und ich eine Hündin. Andererseits freute es mich, daß ich tatsächlich jedes Wort verstand.
„Wenn wir schon dabei sind“, fuhr Franzi fort, „kann ich es dir ja sagen. Du warst sogar ziemlich gelehrig. Manchmal habe ich allerdings viel Geduld für dich gebraucht, das gebe ich zu, aber jetzt folgst du aufs Wort. Wahrscheinlich bist du von Natur aus gelehrig. Das habe ich eines Tages durch Zufall entdeckt, beim Mittagessen. Als ich mich auf die Hinterbeine stellte und mit dem Schwanz wedelte, hast du sofort reagiert und mir ein paar Fleischstücke zugeworfen. Seither funktioniert diese Methode mit absoluter Sicherheit. Ein Musterfall von Dressur.“
„Komisch“, sagte ich. „Ich habe immer geglaubt, daß du mit dem Schwanz wedelst, weil ich dir etwas zuwerfe.“

„Nein. Du wirfst, weil ich wedle. Du reagierst auf meine Wünsche. Nimm zum Beispiel das Gassigehen. Pünktlich um halb sieben reibe ich meine Schnauze an deinem Bein und sehe dich an. Das ist das Zeichen für dich, die Leine zu nehmen und mir auf die Straße zu folgen. Dort erledige ich, was ich zu erledigen habe, während du danebenstehst und wartest, ohne dich zu rühren. Du bist wirklich sehr folgsam, ich sagte es ja schon."

„Und ich dachte, daß *du*..."

„Eben nicht. Was ich nicht so gerne habe ist die Sache mit dem Stock. Kaum kommen wir an den Strand, suchst du nach einem Stock und wirfst ihn ins Wasser. Ich kann ihn zurückholen, sooft ich will - du wirfst ihn immer wieder ins Wasser."

„Aber es macht dir doch Spaß, den Stock zu holen!"

„Wer hat dir das eingeredet?"

„Ich glaubte es dir anzumerken."

„Das ist eben ein Irrtum. Aber das ist nicht schlimm. Im großen und ganzen bist du in Ordnung. Aber jetzt haben wir genug geredet. Laß mich endlich weiterschlafen."

„Aber ich möchte noch..."

„Wirst du wohl jetzt endlich Ruhe geben? Platz jetzt!"

Seufzend drehte ich mich um. Vielleicht wäre es doch besser gewesen, ich hätte mir etwas anderes gewünscht.

So ist brav

# Steaks für Franzi

Wir – die beste Ehefrau von allen, die drei Kinder und ich – nehmen unser Mittagessen jeden Samstag bei Martin & Maiglock ein, und jeden Samstag stellen sie fünf riesenhafte Steaks vor uns hin. Beim erstenmal glaubte ich noch an einen Irrtum oder an eine ausnahmsweise erfolgende Kundenwerbung. Aber es war, wie sich alsbald erwies, keine Ausnahme. Es war die Regel, und sie macht besonders den Kindern schwer zu schaffen. Verzweifelt starren sie auf ihre Teller, die nicht leer werden wollen:
„Mami, ich kann nicht mehr ..."
Oder sie weinen stumm vor sich hin.
Und es ist ja wirklich zum Heulen, auch für die Erwachsenen. Denn die Steaks im Restaurant Martin & Maiglock sind besonders gut, und man wird ganz einfach trübsinnig bei dem Gedanken, daß man höchstens die Hälfte aufessen kann und die andere Hälfte zurücklassen muß.
Muß man?
„Warum nehmen wir den Rest nicht mit nach Hause?" flüsterte

eines Samstags die beste Ehefrau von allen. „Mehr als genug für ein ausgiebiges Abendessen!“

Sie hatte recht. Es fragte sich nur, wie ihr hervorragender Plan zu verwirklichen wäre. Schließlich kann man sich nicht mit Händen voller Steaks aus einem dicht gefüllten Restaurant entfernen. Andererseits erinnere ich mich mit Schaudern an jene halbe Portion Hamburger, die ich einmal in eine Papierserviette eingewickelt und in meine hintere Hosentasche gesteckt hatte. Auf dem Heimweg tätigte ich einen kleinen Einkauf, wollte zahlen, griff nach meiner Geldbörse und zog eine unappetitliche, klebrige, senfdurchtränkte Breimasse hervor... Nein, dergleichen sollte mir nie wieder passieren. Keine Schmuggelversuche. Deshalb rief ich Herrn Maiglock an den Tisch:

„Hätten Sie wohl die Freundlichkeit, diese Überbleibsel einzupacken? Für unseren Hund!“

Während ich mich noch über meine Idee freute, daß ich Franzi, unsere Hündin, als Tarnung vorgeschoben hatte, kam Herr Maiglock aus der Küche zurück. In der Hand trug er einen gewaltigen Plastikbeutel, im Gesicht ein freundliches Lächeln:

„Ich hab' noch ein paar Knochen dazugetan“, sagte er.

Es müssen mindestens 15 Pfund Elefantenknochen gewesen sein, vermehrt um allerlei Leber- und Nierengewächs und was sich sonst noch an Speiseresten in den Abfallkübeln des Restaurants Martin & Maiglock gefunden hatte.

Wir nahmen den Sack unter lebhaften Dankesbekundungen entgegen, leerten ihn zu Hause vor Franzi aus und flüchteten. Franzi verzehrte den anrüchigen Inhalt mit großem Appetit. Nur die Steaks ließ sie stehen.

Am folgenden Wochenende, um einiges klüger geworden, wollte ich es besser machen:

„Herr Maiglock, bitte packen Sie das übriggebliebene Fleisch für unseren Hund ein. Aber geben Sie bitte nichts anderes dazu.“

„Warum nichts anderes? erkundigte sich Herr Maiglock.

„In unserer Küche wimmelt es von Leckerbissen für Ihren vierbeinigen Liebling!“

Ich erklärte ihm die Sachlage:

„Unsere Franzi ist ein sehr verwöhntes Tier. Sie will nur Steaks haben. Nichts als Steaks. Vom Grill.“

An dieser Stelle mischte sich vom Nebentisch her ein lockiger Gelehrtenkopf ins Gespräch:

„Sie machen einen schweren Fehler, mein Herr. Sie verpassen dem armen Tier eine denkbar ungeeignete Nahrung.“

Der Lockenkopf gab sich als Tierarzt zu erkennen und setzte, meiner Proteste nicht achtend, seinen Vortrag laut hörbar fort:

„Das Ungesündeste für einen Hund ist gegrilltes oder gebratenes Fleisch. Wahrscheinlich wird Ihr Hund daraufhin nicht mehr wachsen. Zu welcher Rasse gehört er?“

„Es ist ein Zwergpudel“, antwortete ich hämisch. „Und außerdem eine Hündin.“

Damit kehrte ich meinem Quälgeist den Rücken und bat Herrn Maiglock, die Steaks, wenn er uns denn unbedingt noch etwas anderes mitgeben wollte, gesondert zu verpacken.

Alsbald brachte Herr Maiglock die sorgfältig in Zeitungspapier eingewickelten Steaks.
„Was soll das?“ brüllte ich ihn an. „Haben Sie keinen Plastikbeutel?“
„Wozu?“ fragte Herr Maiglock.
Ich schwieg. Wie sollte ich diesem Idioten begreiflich machen, daß ich keine Lust auf Steaks hatte, an denen noch die Reste einer Zeitung klebten?
Auf der Heimfahrt schleuderte ich das Zeitungspaket zum Wagenfenster hinaus.
Aber so leicht gebe ich nicht auf. Am nächsten Samstag erschienen wir mit unserem eigenen Plastikbeutel, und der lockenköpfige Tierarzt mußte in hilflosem Zorn mitansehen, wie wir das schädliche Material in einwandfrei sauberer Verpackung forttrugen.
Es reichte für drei Tage und drei Nächte. Wir hatten Steaks zum Abendessen, Steaks zum Mittagsmahl, Steaks zum Frühstück. Franzi lag daneben, beobachtete uns aufmerksam und verschmähte die ihr zugeworfenen Happen.
„Ephraim“, seufzte die beste Ehefrau von allen, als wir am Samstag wieder bei Martin & Maiglock Platz nahmen, „Ephraim, ich kann keine Steaks mehr sehen, geschweige denn essen.“
Sie sprach mir aus der Seele, die gute, aus der Seele und aus dem Magen. Auch die Kinder klatschten in die Hände, als wir Schnitzel bestellten. Und wir bestellten sie sicherheitshalber bei Herrn Martin.
Herr Maiglock ließ sich dadurch in keiner Weise beirren: Nach

vollzogener Mahlzeit brachte er einen prall mit Steakresten gefüllten Plastiksack angeschleppt. „Für Franzi!“ sagte er.
Von da an hatten wir jeden Samstag das Problem, wie wir die Fleischreste loswerden sollten. Man kann ja auf die Dauer nicht durch die Stadt fahren und Fleischspuren hinter sich lassen.
Endlich hatte ich den erlösenden Einfall. Kaum saßen wir an unserem Samstagmittagstisch, wandte ich mich mit trauriger Miene und ebensolcher Stimme an Herrn Maiglock:
„Bitte keine Steaks mehr. Franzi ist tot.“
In tiefem Mitgefühl drückte mir Herr Maiglock die Hand.
Am Nebentisch aber erhob sich der Hundefutterfachmann und stieß einen empörten Schrei aus:
„Sehen Sie! Ich hatte Sie gewarnt! Jetzt haben Sie das arme Tier umgebracht!“
Rafi, unser Ältester, murmelte etwas von einem Verkehrsunfall, dem Franzi zum Opfer gefallen sei, aber das machte die Sache nicht besser. Die Stimmung war gegen uns. Wir schlangen unsere Mahlzeit hinunter und schlichen mit gesenkten Köpfen davon.
Auf dem Heimweg fühlten wir uns wie eine Bande von Mördern. Wäre Franzi tot auf der Schwelle unseres Hauses gelegen – es hätte uns nicht überrascht.
Zum Glück empfing sie uns mit fröhlichem Gebell, wie immer. Es war alles in bester Ordnung.
Aber wir gingen nicht mehr zu Martin & Maiglock und lebten friedlich dahin, unbeschwert von Steakproblemen jeglicher Art. Es gibt ja auch noch andere Restaurants als Martin & Maiglock.

# Der Hund, der Knöpfe fraß

An einem frostigen Morgen entdeckte ich in meinem damals noch sehr gepflegten Garten ein kleines Hündchen. Es war etwa fünf Uhr früh, eine Zeit, zu der die meisten Menschen noch schlafen. Draußen vor dem Fenster hörte ich ein leises, verzweifeltes Winseln. Ich zog die Vorhänge beiseite und blinzelte schlaftrunken hinaus. In der Mitte meines Gartens saß ein sehr kleiner Hund, der mit seinen sehr kleinen Pfoten ein Loch in den Rasen buddelte und das Gras abfraß. Das Hündchen war nicht nur sehr klein und sehr weiß, auch seine Rasse war unbestimmbar.

Ich zog die Vorhänge wieder zu und wollte mich ins warme Bett zurückziehen. Da aber wachte die beste Ehefrau von allen auf und fragte:

„Was ist los?"

„Ein junger Hund", antwortete ich mißmutig.

„Lebt er?"

„Ja."

„Dann laß ihn herein."

Sitz!
Spring
Gib Pfötchen

Ich öffnete die Terrassentür. Das sehr junge Hündchen trottete in unser Schlafzimmer und pinkelte auf den roten Teppich.
Ich mag es nicht, wenn jemand auf den Teppich pinkelt, deshalb packte ich den kleinen Hund und setzte ihn etwas unsanft wieder in den Garten. Meine stille Hoffnung war, daß sich irgend jemand um ihn kümmern würde.
Doch ich hatte mich getäuscht, es kam niemand. Vielmehr fing das Hündchen an, durchdringend zu jaulen und zu jammern, was zur Folge hatte, daß aus dem Nachbarhaus Frau Kaminski herbeieilte.
Sie war noch im Morgenrock, und was sie uns zu sagen hatte, war nicht besonders freundlich. Das änderte sich jedoch schlagartig, als ihr Blick auf die Ursache des morgendlichen Lärms fiel. Nun versuchte sie uns mit vielen Worten davon zu überzeugen, daß wir uns um den armen kleinen Hund kümmern müßten. Sie wies darauf hin, daß der Hund ein treues Tier sei; ja, er sei nicht nur treu, sondern auch besonders klug und reinlich.
„Der Hund ist der beste Freund des Menschen“, erklärte sie uns.
„Wenn das so ist, Frau Kaminski“, erlaubte ich mir einzuwerfen, „warum nehmen Sie den kleinen Hund dann nicht zu sich?“
„Ich bin nicht verrückt“, antwortete sie, „ich habe schon genug Sorgen.“
So kam es, daß das sehr kleine, sehr junge Hündchen bei uns blieb. Wir beriefen sofort den Familienrat ein und beschlossen, ihn Mischko zu taufen. Mischko fühlte sich bei uns bald zuhause, und alle hatten ihn gern. Er war leicht zu verköstigen, weil er alles

fraß, was in seine Reichweite kam. Vor allem aber fraß er Knöpfe und immer wieder Knöpfe. Auch liebte er es, kleine tote Mäuse aus dem Nachbargarten in unseren zu tragen. Er war sehr anhänglich und wedelte jedesmal mit seinem kurzen Schwänzchen vor Freude, wenn wir ihn riefen. Das allerdings nur unter der Voraussetzung, daß wir ein Stück Salami in der Hand hielten. Auch hatte ich ihm in erstaunlich kurzer Zeit beigebracht, meinen Befehlen zu gehorchen. Dafür einige Beispiele: „Sitz!"
Mischko spitzt die Ohren und leckt mir über das Gesicht.
„Spring!"
Mischko kratzt sich am Bauch.
„Gib Pfötchen!"
Mischko starrt mich an und rührt sich nicht.
Ich könnte noch eine Reihe weiterer Beispiele anführen, aus denen hervorgeht, daß Mischko kein blödsinnig dressierter Hund war, sondern daß er einen sehr starken eigenen Willen besaß. Es war nur schade, daß er immer auf den roten Teppich pinkelte. Und er pinkelte ausschließlich auf den roten Teppich.
Warum? Ich weiß es nicht. Vielleicht ist er in einem Mohnfeld auf die Welt gekommen und muß deshalb immer pinkeln, sobald er einen roten Teppich sieht.
Ich wollte mich mit Mischkos Pinkelgewohnheiten nicht abfinden und begann deshalb ein wohldurchdachtes Erziehungsprogramm: „Es ist verboten, auf den Teppich zu pinkeln", sagte ich langsam und deutlich zu ihm mit erhobenem Zeigefinger. „Verboten, hörst du? Pfui!"

Jedesmal, wenn Mischko wieder auf den Teppich pinkelte, wurde meine Stimme strenger. Hatte er aber sein Geschäft einmal irrtümlich im Ziergarten gemacht, überschüttete ich ihn mit Lob, Liebkosungen und Leckerbissen.

Wahrscheinlich zog Mischko aus meinem Verhalten den Schluß, daß diese zweibeinigen, bald wütenden, bald zärtlichen Geschöpfe sehr launisch waren. Wer kennt sich schon mit Erwachsenen aus?

Da Mischko auf meine Erziehungsversuche überhaupt nicht reagierte, mußte ich mir etwas anderes einfallen lassen. Als erstes wollte ich ihn daran gewöhnen, nicht auf rote Teppiche zu pinkeln, sondern auf andersfarbige. Dann wollte ich ihn aus dem Haus locken, damit er sein Geschäft im Freien verrichtete; am liebsten im Nachbargarten.

Mit diesem Ziel vor Augen legte ich über unseren roten Teppich einen grauen. Als Belohnung setzte ich eine Bratwurst als Prämie aus.

Nach etwa zwei Wochen hatte sich Mischko an den grauen Teppich gewöhnt, ich konnte ihn wieder wegnehmen. Mischko, der gerade im Garten war, kam freudig bellend herbeigesaust und pinkelte auf den roten Teppich. Hunde sind bekanntlich sehr treu. Aber mein Vorrat an Erziehungsmaßnahmen war noch immer nicht erschöpft. Ich beschloß nun, seine Liebe zur Natur zu wecken, und kaufte eine lange grüne Leine, um mit ihm jede Nacht im nahegelegenen Park spazierenzugehen. Mischko hielt sich während der langen Spaziergänge zurück. Erst kurz vor unserem Haus wurde er unruhig. Und kaum hatte ich die Tür geöffnet,

sprang er mit einem Satz ins Schlafzimmer, auf den roten Teppich und verrichtete sein Geschäftchen.
Ich wurde immer unruhiger. Was sollte ich nur tun?
Da kam mir Frau Kaminski zu Hilfe. Wieder einmal war sie mit einigen Knochen für den Hund herübergekommen. Verzweifelt erzählte ich ihr von Mischkos Schwierigkeiten. Da bekam ich folgendes zu hören:
„Sie haben den Hund schlecht erzogen, weil Sie nicht wissen, wie man mit Hunden umgeht. Sie müssen jedesmal, wenn er auf den roten Teppich pinkelt, seine Schnauze hineinstecken, ihm einen Klaps geben und ihn zum Fenster hinauswerfen. So macht man das."
Obwohl ich kein Freund von körperlichen Strafen bin, handelte ich entsprechend Frau Kaminskis Anweisungen. Mischko kam, sah und pinkelte. Ich steckte seine Schnauze hinein, gab ihm einen Klaps und warf ihn aus dem Fenster. Diese Prozedur wiederholte sich mehrmals am Tag, aber ich ließ nicht locker. Ich hatte mir fest vorgenommen, Mischko seine schlechten Pinkelsitten abzugewöhnen.
Langsam, sehr langsam begann sich meine Geduld bezahlt zu machen. Er hatte sich einiges gemerkt und manches abgewöhnt, stellte ich nicht ohne Genugtuung fest.
Sicher, Mischko pinkelt noch immer auf den Teppich. Aber nachher springt er jetzt immer ganz von selbst aus dem Fenster, ohne die geringste Hilfe von meiner Seite, und wartet draußen auf mein Lob und meine Leckerbissen. Immerhin ein kleiner Erfolg.

# Franzi und der Stammbaum

Eines Abends meinte die beste Ehefrau von allen, daß wir uns einen Hund anschaffen sollten. Ich lehnte ab.
„Schon wieder?“ fragte ich. „Wir haben doch schon einmal darüber gesprochen, und ich habe schon einmal nein gesagt. Erinnere dich an unseren Zwinji, er ruhe in Frieden, und an seine Vorliebe für den roten Teppich!“
„Aber die Kinder möchten so gerne –“
„Die Kinder, die Kinder. Wenn ein Hund erst einmal im Haus ist, gewöhnen wir uns an ihn und werden ihn nie wieder los.“
Ich versuchte am nächsten Tag, mit Amir und Renana zu sprechen. Aber beide fingen an zu heulen, und ich konnte nur die Worte „Papi“ und „Hund“ deutlicher verstehen.
Also entschloß ich mich, nachzugeben.
„Schön“, sagte ich, „ich kaufe euch einen Hund. Was für einen wollt ihr denn haben?“
„Einen reinrassigen“, erklärte die beste Ehefrau von allen anstelle der Kinder. „Einen mit Stammbaum.“

Aus der Bestimmtheit, mit der sie das sagte, ging hervor, daß sie über den bevorstehenden Kauf bereits mit unseren Nachbarn gesprochen hatte, deren reinrassige Monster die Gegend unsicher machen.

„Außerdem will ich", meinte sie weiter, „weder eines dieser unförmigen Kälber, die das ganze Haus schmutzig machen, noch irgendein Miniaturtier, das einer Ratte ähnlicher sieht als einem Hund. Wir müssen auch bedenken, daß junge Hunde überall hinpinkeln und daß alte Hunde Asthma haben. Wir brauchen ein gut gebautes Tier, das nicht zu laut bellt und auch sonst wenig Lärm macht. Gerade Beine, ein glattes Fell, stubenrein und folgsam. Und auf keinen Fall einen weiblichen Hund, weil Hündinnen alle paar Monate läufig werden."

„Ist das der Hund, den unsere Kinder haben wollen?" fragte ich.

„Ja", antwortete die beste Ehefrau von allen.

Ich machte mich auf den Weg, um einen Hund zu suchen, der den Anforderungen meiner Familie entsprach. Als ich am Postamt vorbeikam, fiel mir ein, daß ich Briefmarken brauchte. Vor mir in der Schlange stand ein Mann, der von starkem Husten geplagt wurde und sich ständig umdrehte. Dabei schaute er mich an. Offenbar zog er aus meiner sorgenvollen Miene den richtigen Schluß. Er hätte ein Hündchen zu verkaufen, meinte er, wir könnten es gleich besichtigen, er wohne nur um die Ecke.

Neugierig geworden, ging ich mit ihm. Im Garten seines Hauses zeigte er mir das Tierchen. Es lag in einer Schuhschachtel, hatte ein lockiges Fell, krumme Beine und eine schwarze Schnauze mit

rosa Punkten. Es saugte gerade an seinem kleinen Schwanz, hörte jedoch sofort auf, als es mich sah, und sprang bellend an mir hoch. Das Hündchen gefiel mir auf den ersten Blick.
„Wie heißt es denn?“ fragte ich.
„Wie Sie wollen. Sie können ihn haben.“
„Ist er reinrassig?“
„Er vereint sogar mehrere reine Rassen in sich. Wollen Sie ihn nun oder nicht?“
Um den Mann nicht weiter zu verärgern, bejahte ich.
„Und wieviel kostet er?“
„Nichts. Nehmen Sie ihn nur gleich mit.“
Er wickelte das Tierchen in Zeitungspapier, legte es mir in den Arm und schob uns beide zur Gartentür hinaus.
Schon nach wenigen Schritten fielen mir die Worte meiner Frau ein, und ich blieb wie angewurzelt stehen. Das war, so durchfuhr es mich mit Schrecken, nicht der Hund, den sie sich vorgestellt hatte. Wenn ich diesen Hund nach Hause bringe, gibt es Ärger. Schnell kehrte ich um und trug ihn zu seinem früheren Besitzer zurück.
„Darf ich ihn später abholen?“ fragte ich bittend. „Ich muß in der Stadt noch verschiedene Besorgungen machen und möchte ihn nicht die ganze Zeit mit mir herumschleppen.“
„Hören Sie“, antwortete der Mann, „ich zahle Ihnen gerne ein paar Mark, wenn Sie nur –“
„Nicht nötig. Das Tier gefällt mir. In ein paar Stunden bin ich wieder da, machen Sie sich keine Sorgen.“

Als ich nach Hause kam, fragte die beste Ehefrau von allen: „Nun, hast du etwas gefunden?"
„Einen Hund kauft man nicht im Handumdrehen", antwortete ich kühl. „Ich habe mich mit mehreren Fachleuten beraten und verschiedene Angebote erhalten. Ein Terrier und zwei Setter waren auch dabei, aber sie schienen mir nicht reinrassig genug zu sein."
Obwohl ich mich nicht besonders gut auskenne, hatte ich meine Gattin zumindest überzeugt, daß ich nicht blindlings alles kaufen würde, was man mir anbot. Sie war beruhigt.
„Laß dir Zeit", sagte sie, „man kauft schließlich nicht jeden Tag einen Hund."
Ich stimmte eifrig zu:
„Eben. So etwas will überlegt sein. Wenn es dir recht ist, möchte ich noch einigen Zeitungsanzeigen nachgehen."
Angeblich um das zu erledigen, verließ ich am folgenden Tag das Haus. Ich ging an den Strand, badete ein wenig, spielte einige Partien Tischtennis. Gegen Mittag machte ich mich auf den Heimweg. Vorher wollte ich aber noch kurz bei meinem Hündchen vorbeischauen...
Sein fröhliches Bellen mischte sich mit dem trockenen Husten seines Besitzers, der mir das Tier sofort wieder mitgeben wollte.
Ich wehrte ab:
„Morgen. Heute geht es nicht. Unsere ganze Familie wird geimpft, da möchte ich keinen Hund nach Hause bringen. Morgen, spätestens übermorgen hole ich ihn ab. Sie sehen ja, daß ich ihn haben will, sonst wäre ich nicht gekommen."

Und ich ging schnell weg. Zu Hause erklärte ich meiner wartenden Gattin:
„Diese Zeitungsanzeigen sind überhaupt nichts wert. Du wirst nicht glauben, was für Mischlinge man mir gezeigt hat."
„Zum Beispiel?" Ihr Tonfall hatte etwas, als wollte sie mich in die Enge treiben.
„Das Beste war noch ein Pudel in Ramat Gan", antwortete ich bedächtig. „Aber sein Stammbaum reicht nur vier Generationen zurück."
„Das ist bei Hunden nichts Außergewöhnliches", entgegenete sie mir hochmütig.
„Für mich kommt so etwas nicht in Frage!" Es war an der Zeit, meine Stellung als Familienoberhaupt hervorzukehren. „Ich, wenn du nichts dagegen hast, stelle mir unter Reinrassigkeit etwas ganz Bestimmtes vor. Entweder finde ich ein wirklich vornehmes Tier, oder aus der ganzen Sache wird nichts!"
Die beste Ehefrau von allen blickte bewundernd zu mir auf. „Wie recht du doch hast", flüsterte sie, „ich habe dich unterschätzt. Ich dachte, du würdest den ersten besten Straßenköter mit nach Hause bringen, der dir über den Weg läuft."
„Ach so?" zornbebend fuhr ich sie an. „Damit du es nur weißt: Morgen fahre ich nach Haifa zu Doktor Munzinger, dem bekannten Fachmann für Schäferhunde..."
Am nächsten Morgen suchte ich ohne Umwege meinen hustenden Freund auf, um mit Franzi – so nannte ich das Hündchen inzwischen – ein wenig zu spielen. Franzi zerfetzte mir vor lauter

Wiedersehensfreude beinahe den Anzug. Ich versuchte, ihm einige Grundregeln der guten Hundesitten beizubringen. Leider ließ es nicht nur Franzi an der erforderlichen Gelehrigkeit missen. Auch sein Herr wurde widerspenstig und drohte mir mit den fürchterlichsten Folgen, wenn ich die verdammte Hündin auch diesmal nicht mitnähme.

„Entschuldigen Sie, bitte", unterbrach ich sein Fluchen, „sagten Sie eben Hündin?"

„Hündin", wiederholte er, „und nun schnellstens hinaus mit ihr."

Der flehende Blick, mit dem Franzi mich ansah, schien zu besagen: „So nimm mich doch endlich mit!"

„Ich arbeite daran", versuchte ich ihr mit Blicken klarzumachen. „Nur noch ein wenig Geduld!"

Erschöpft von den Strapazen der Autofahrt nach Haifa ließ ich mich zu Hause in einen Sessel fallen.

„Ich war gerade bei Doktor Munzinger. Er hat mir ein paar recht schöne Tiere vorgeführt, aber es war nichts wirklich Perfektes dabei."

„Gehst du da nicht ein wenig zu weit?" erkundigte sich die beste Ehefrau von allen. „Ich glaube kaum, daß es etwas wirklich Perfektes überhaupt gibt."

„Sei nicht so kleinmütig", antwortete ich. „Denn jetzt endlich weiß ich, was ich will. Ich habe mich entschlossen, ein garantiert reinrassiges Prachtstück aus einer berühmten Schweizer Zucht zu kaufen."

„Und was soll er kosten?"

Rassehunde

„Frag mich nicht danach. Es handelt sich um einen dunkelweißen Zwergschnauzer."

„Großartig. Und du bist dir ganz sicher, daß man dich nicht betrügt?"

„Mich betrügen? Dagegen habe ich alle nur erdenklichen Vorkehrungen getroffen. Das Tier wird vom Flughafen direkt zur Prüfstelle gebracht, wo seine Papiere sorgfältig kontrolliert werden."

Meine Worte stießen auf ein Achselzucken, das mir nicht recht behagte.

Aber ich ließ mich von meinem Weg nicht abbringen.

Die folgenden drei Tage waren schwierig. Das Mißtrauen meiner Frau wuchs im gleichen Maße und mit der gleichen Geschwindigkeit wie das des Hundebesitzers. Er wollte nichts davon hören, daß ich Franzi meiner Tochter zum Geburtstag schenken wollte. Am dritten Tag meinte er, das seien alles faule Ausreden. Als ich mich beleidigt entfernen wollte, warf er mir die arme Franzi über den Gartenzaun nach. Ich streichelte sie zur Beruhigung, warf sie zurück und rannte schnell davon.

Inzwischen war auch die Geduld meiner Frau restlos verbraucht. Sie verlangte, nun endlich das Ergebnis meiner langen Bemühungen zu sehen.

Als ich Franzi abholen wollte, wartete sie vor dem Zaun. Ihr Besitzer hatte sie davongejagt. Ich kaufte ihr ein Lederhalsband mit hübscher Metallverzierung und brachte sie nach Hause zu meiner Familie.

„Hier habt ihr Franzi, gerade aus der Schweiz angekommen."
Die Wirkung war überwältigend.
„Ein wunderschönes Tier", meinte die beste Ehefrau von allen.
„Wirklich, es hat sich gelohnt, so lange zu warten."
Auch die Kinder freundeten sich sofort mit Franzi an. Sie wurde im Handumdrehen zum Liebling der ganzen Familie.
Und sie erwidert die Zuneigung, die wir ihr entgegenbringen. Ihr Schwänzchen ist pausenlos in freudiger Bewegung, aus ihren kleinen Augen funkelt unglaubliche Klugheit. Manchmal habe ich das Gefühl, als würde sie in der nächsten Sekunde zu sprechen anfangen.
Ich kann nur hoffen, daß mich dieses Gefühl täuscht.

# Süße Milch für Pussy

Eines Tages fand meine Frau an einer Straßenecke ein kleines verlassenes Kätzchen. Sie nahm es mit nach Hause, um es zu pflegen. Wir nannten es Pussy. Da Pussy ziemlich verhungert aussah, stellten wir ihr einen großen Teller mit süßer Milch hin. Aber Pussy wollte anscheinend keine Milch. Sie schnupperte nur kurz daran. Da Pussy noch sehr klein war, beschlossen wir, es mit einer Milchflasche zu versuchen. Vielleicht konnte sie noch nicht aus einem Teller trinken?

„Das trifft sich gut", sagte ich zu meiner Frau. „Wir haben für Amir acht Milchflaschen im Haus..."

„Was fällt dir ein", unterbrach sie mich. „Wir können doch Amirs Flaschen nicht für eine Katze nehmen. Geh hinunter in die Apotheke und kauf für Pussy ein eigenes Schnullerfläschchen."

„Das kannst du nicht von mir verlangen", entgegnete ich ihr entsetzt.

„Und warum nicht?"

„Weil ich mich schäme. Ich bin ein erwachsener Mensch und noch

sehr leicht zerbrechlich

dazu ein berühmter Schriftsteller. Ich kann doch nicht in eine Apotheke gehen und ein Schnullerfläschchen für eine Katze verlangen. Die Leute werden mich auslachen!"

„Unsinn", antwortete meine Frau. „Geh endlich!"

Ich ging, war aber fest entschlossen, niemandem zu sagen, für wen das Fläschchen in Wirklichkeit bestimmt war.

„Ein Milchfläschchen bitte", verlangte ich in der Apotheke.

„Wie geht es dem kleinen Amir", fragte der Apotheker.

„Danke sehr, gut. Er wiegt bereits zwölf Pfund."

„Großartig. Und was für eine Flasche darf ich Ihnen geben?"

„Die billigste", antwortete ich.

Um mich herum verstummten alle Gespräche. Die Leute starrten mich an. Auch vom Gesicht des Apothekers war das freundliche Lächeln verschwunden. Er sagte:

„Ich möchte Sie nur darauf aufmerksam machen, daß diese billigen Flaschen sehr leicht zerbrechen."

„Das macht nichts", sagte ich ohne Zögern. „Dann klebe ich sie eben wieder zusammen."

Der Apotheker drehte sich achselzuckend um und holte eine größere Auswahl von Babyfläschchen herbei. Alle sahen sehr teuer aus. Erst zum Schluß zeigte er mir ein kleines braunes Fläschchen.

Ich nahm alle Kraft zusammen:

„Geben Sie mir bitte dieses."

Wieder starrten mich die Leute schweigend an. Dieses Schweigen wurde erst von einer dicklichen Dame unterbrochen:

„Es geht mich ja nichts an“, sagte sie. „Aber wenn Sie schon sparen müssen, dann sparen Sie wenigstens nicht an Ihrem Sohn. Für ein Kind ist das Beste gerade gut genug. Glauben Sie mir.“
Ich tat, als hätte ich nichts gehört, und erkundigte mich nach den Preisen. Das kleine braune Fläschchen, das ich ausgewählt hatte, kostete wesentlich weniger als die anderen.
„Mein kleiner Junge ist ein wenig temperamentvoll“, sagte ich stotternd. „Er schlägt alles kaputt. Es wäre sinnlos, eine teure Flasche für ihn zu kaufen.“
„Aber wieso denn“, meinte der Apotheker. „Sie müssen das Baby beim Trinken nur richtig festhalten. Dann kann überhaupt nichts passieren.“
Pussy kam mir in den Sinn, wie ich sie auf dem Arm hielt und ihr das Fläschchen gab. Doch meine Überlegungen wurden von der dicken Frau unterbrochen:
„Sie können wohl nicht mit Kindern umgehen? Da ist es am besten, ich verschaffe ihnen ein gutes Kindermädchen. Zufällig habe ich die Telefonnummer bei mir.“
Und schon rannte sie zum Telefon. Mir blieb nur noch die Hoffnung, daß das Kindermädchen nicht zu Hause war.
Sie war aber zu Hause. Die Frau teilte mir mit, daß das Kindermädchen bereit sei, morgen um elf Uhr bei mir vorbeizukommen.
„Um elf Uhr bin ich nicht da“, sagte ich.
„Und um eins?“
„Um eins bin ich mit meiner Frau in der Fechtstunde.“
„Dann vielleicht um zwei?“

„Da schlafen wir."
„Um sechs Uhr?"
„Da erwarten wir Gäste!"
„Das hat man nun davon, wenn man helfen will", rief die Frau wütend. „Dabei hätte Sie dieser Besuch überhaupt nichts gekostet, wie Sie in Ihrem Geiz sicher geglaubt haben!"
Bösartig starrten mich die Menschen an. Aus dem Hintergrund kam die eisige Stimme des Apothekers:
„Soll ich Ihnen also die billige braune Flasche einpacken?"
Ich nickte. Im Stillen gelobte ich mir, sollte ich jemals lebend aus dem Laden herauskommen, wollte ich ein Heim für verlassene Katzen stiften.
Der Apotheker unternahm einen letzten Bekehrungsversuch:
„Sehen Sie sich nur diesen billigen Gummischnuller an. Er dehnt sich schon nach kurzem Gebrauch aus, und das Kind kann daran ersticken. Außerdem füttert man mit diesen billigen Flaschen keine Babys, sondern Katzen!"
Das war zuviel für mich. Ich war am Ende.
„Geben Sie mir die beste Flasche, die Sie haben", sagte ich leise zu dem Apotheker.
Ich verließ den Laden mit einer Babyflasche, die für zwei Jahre Garantie hatte und acht Mark fünfzig kostete.
„Warum mußtest du Idiot nur die teuerste Flasche kaufen", fragte meine Frau, als sie die kleine Kostbarkeit auspackte.
„Weil man als verantwortungsbewußter Mensch an allem sparen darf, nur nicht an seinen Katzen", antwortete ich.

# Auf Mäusesuche

In einer windigen Nacht wurde ich durch ein gedämpftes Raschelgeräusch in unserem Wäscheschrank geweckt. Auch meine Frau fuhr aus dem Schlaf auf und lauschte mit angehaltenem Atem.
„Eine Maus", flüsterte sie. „Wahrscheinlich ist sie aus dem Garten hereingekommen. Was sollen wir jetzt nur machen? Ich fürchte mich so."
„Vorläufig nichts", antwortete ich, „vielleicht verschwindet sie wieder von selbst."
Sie verschwand aber nicht. Im Gegenteil. Am Morgen entdeckte ich die Spuren ihrer nächtlichen Wühl- und Nagetätigkeit: zwei kaputte Tischtücher.
„Dieses Biest", rief meine Frau zornig, „man muß es vernichten."
In der folgenden Nacht machten wir uns an die Arbeit. Kaum hörten wir die Maus an der Holzwand des Schrankes nagen, drehten wir das Licht an. Ich griff nach einem Besen und riß die Schranktür auf. Im zweiten Fach rechts unten, hinter den Bettdecken, saß zitternd das kleine graue Tierchen. Es zitterte so sehr,

daß auch die langen Barthaare mitzitterten. Nur die stecknadelgroßen, pechschwarzen Augen waren starr vor Angst.
„Ist es nicht süß“, seufzte die beste Ehefrau von allen und versteckte sich ängstlich hinter meinem Rücken. „Schau doch, wie das arme Ding sich fürchtet. Daß du dich unterstehst, es umzubringen. Schaff es in den Garten zurück.“
Also streckte ich die Hand aus, um das Mäuschen am Schwanz zu packen. Es verschwand zwischen den Bettdecken. Und während ich die Bettdecken entfernte, verschwand das Mäuschen zwischen den Tischtüchern und dann zwischen den Handtüchern und dann zwischen den Servietten.
Als ich den Wäscheschrank ganz ausgeleert hatte, saß das kleine Mäuschen unter der Couch.
„Du dummes Mäuschen“, sagte ich mit schmeichelnder Stimme, „siehst du denn nicht, daß ich nur dein Bestes will?“ Und ich warf mit aller Kraft den Besen nach ihm.
Nach dem dritten mißglückten Versuch rückten wir die Couch in die Mitte des Zimmers. Das Mäuschen aber saß längst unter dem Bücherregal. Dank der Hilfe meiner Frau dauerte es nur eine halbe Stunde, bis wir die Bücher ausgeräumt hatten. Das Tierchen belohnte unsere Mühe, indem es mit einem Satz auf einen Sessel sprang und sich in der Polsterung verkroch.
„Wehe dir, wenn du ihr etwas tust“, warnte mich die beste Ehefrau von allen.
„Schon gut“, knirschte ich wütend, während ich das auseinandergefallene Bücherregal wieder zusammenbaute.

Gegen fünf Uhr morgens fielen wir total übermüdet ins Bett. Das Mäuschen fraß inzwischen die Polsterung unseres Sessels.
Am Morgen erwachte ich von einem schrillen Schrei. Meine Frau deutete mit zitternden Händen auf unseren Sessel, in dessen Armlehne ein faustgroßes Loch prangte:
„Jetzt reicht es aber! Ephraim, hole einen Kammerjäger!"
Ich rief ein Institut an. Dort teilte man mir mit, daß sie nur die Vernichtung ganzer Mäusefamilien übernähmen.
Da ich nicht vorhatte, Mäusefamilien zu züchten, kaufte ich eine Mausefalle.
Meine Frau protestierte zunächst gegen dieses grausame Instrument. Ich konnte sie aber davon überzeugen, daß die Mausefalle wahrscheinlich doch nicht funktionieren würde.
Abends stellten wir die Falle in einer dunklen Ecke auf. Wir gingen ins Bett, konnten aber nicht einschlafen. Die Nagegeräusche, die aus meiner Schreibtischschublade kamen, störten uns zu sehr.
Plötzlich wurde es ganz still. Meine Frau fuhr entsetzt auf, ich sprang mit einem Triumphschrei aus dem Bett.
Gleich darauf schrie ich wieder, diesmal vor Schmerzen:
Die Falle war zugeschnappt und hatte meine große Zehe eingeklemmt.
Meine Frau machte mir kalte Umschläge. Sie war jedoch erleichtert, daß das Mäuschen nicht in die Falle gegangen war.
Dann nahm sie vorsichtig die Falle und machte die Stahlfeder unschädlich.
Am Morgen wurde ich wieder durch einen Aufschrei meiner Frau

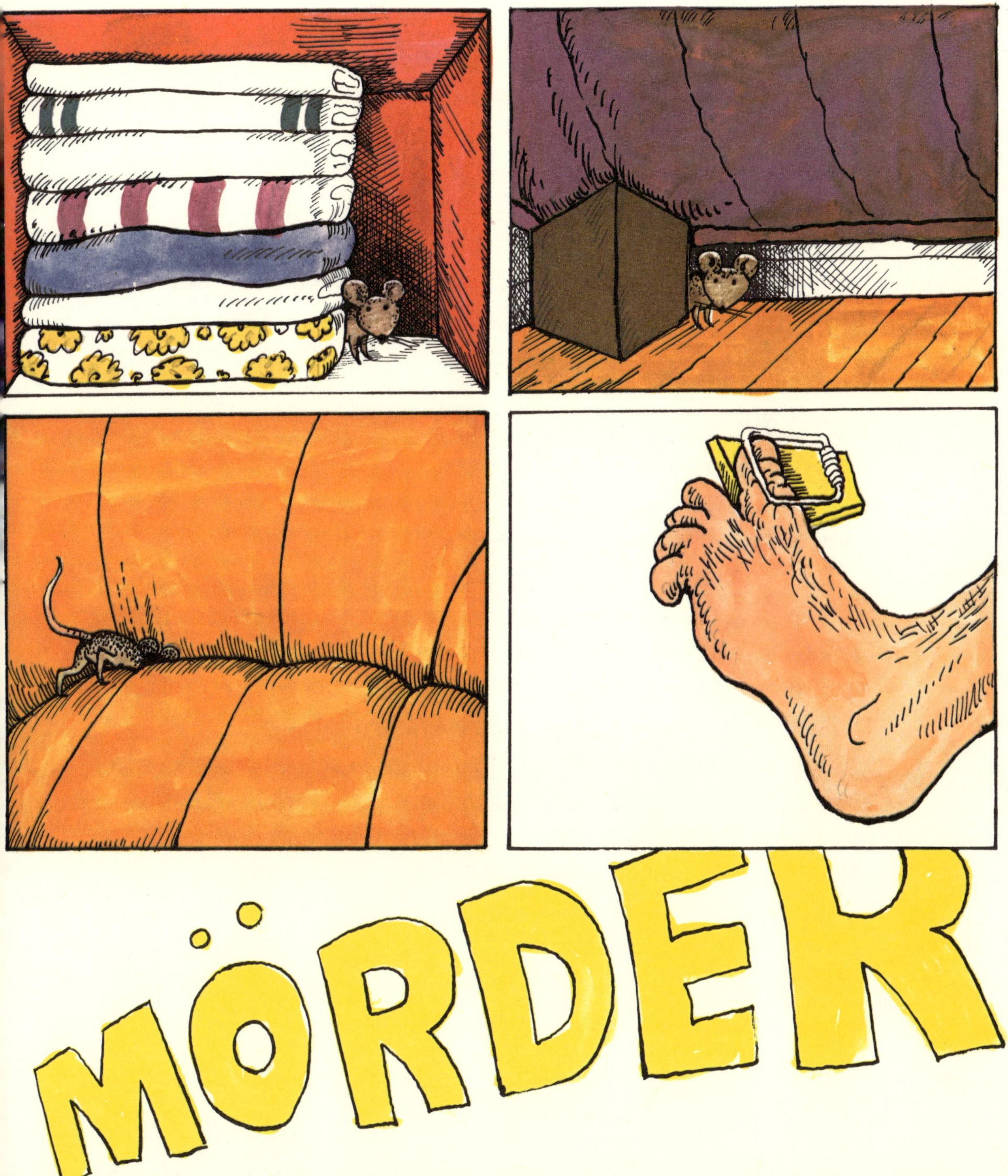
MÖRDER

geweckt. Das Mäuschen hatte sich nachts über unsere Reisvorräte hergemacht. Der Reis war unbrauchbar geworden.
„Trag die Mausefalle zur Reparatur", befahl meine Frau.
Da es für Mausefallen keine Ersatzteile gab, kaufte ich eine neue.
Zu Hause stellte ich das Mordinstrument in die Zimmerecke und markierte den Weg dorthin mit kleinen Käsestückchen.
Es wurde eine aufregende Nacht. Das Mäuschen hatte sich in meinem Schreibtisch eingenistet und nagte an meinen Manuskripten. Schweigend hörten wir zu. Endlich sagte meine Frau:
„Wenn das arme, kleine Ding in deine Falle geht, ist es aus zwischen uns. Was du tust, ist grausam."
„Aber es läßt uns nicht schlafen", antwortete ich. „Es frißt unsere Wäsche und meine Manuskripte."
Meine Frau schien mich nicht gehört zu haben, und das Knabbern in der Schreibtischschublade ging munter weiter.
Als der Morgen dämmerte, schliefen wir endlich ein.
Wir erwachten am späten Vormittag. Es war vollkommen still.
In der Zimmerecke aber, dort, wo die Mausefalle stand... dort sahen wir... im Drahtgestell... etwas Kleines... Graues...
„Mörder!" Das war alles, was meine Frau zu mir sagte.
Seither haben wir kein Wort miteinander gesprochen. Und was noch schlimmer ist: Wir haben uns an das vertraute Knabbergeräusch so gewöhnt, daß wir nicht mehr schlafen können.
Bekannten gegenüber meinte meine Frau, das sei eine gerechte Strafe für meine Grausamkeit.

# Ein Hund springt in die Küche

Von einem Tag zum anderen interessierte sich Franzi, unsere Hündin, plötzlich für ihre männlichen Kollegen. Sie sprang am Fenster hoch, wenn draußen einer vorbeiging, wedelte hingebungsvoll mit dem Schwanz und manchmal winselte sie sogar. Und siehe da: Draußen vor dem Fenster versammelten sich nach und nach sämtliche männlichen Hunde der Umgebung, wedelnd und winselnd. Und Zulu, der riesige Schäferhund, der am andern Ende der Straße lebt, sprang sogar eines Tages durch das offene Küchenfenster ins Haus. Wir mußten ihn mit Gewalt vertreiben. Verzweifelt wandten wir uns an Dragomir, den international bekannten Hundetrainer aus Jugoslawien. Er klärte uns auf:
„Warum Sie aufgeregt? Hündin ist läufig."
„Hündin ist was?" fragte ahnungslos die beste Ehefrau von allen. „Wohin will sie laufen?"
„Ganz einfach", meinte Dragomir. „Zu Hund. Hündin braucht Mann."
Nun wußten wir also Bescheid.

Die Zahl von Franzis Verehrern vor unserem Haus wuchs ständig. Wenn wir auf die Straße wollten, konnten wir uns nur noch mit dem Besen einen Weg bahnen.
„Papi", sagte mein Sohn Amir, „warum läßt du sie nicht hinaus?"
„Franzi ist noch viel zu jung", antwortete ich ihm.
Währenddessen stand Franzi am Fenster, wedelte mit dem Schwanz und schaute sehnsüchtig zu der Hundeschar hinunter. Sie fraß nicht mehr, sie trank nicht mehr, sie schlief nicht mehr. Da beschlossen wir, Franzi zu retten. Wahrscheinlich lag es an ihrem wunderschönen, silbergrauen, langhaarigen Fell, daß die Hunde wie verrückt nach ihr waren. Wir mußten sie scheren lassen.
Am nächsten Tag kamen zwei Männer, kämpften sich durch die Hundehorden, die unseren Garten besetzt hielten, hindurch und nahmen Franzi mit sich. Franzi wehrte sich wie eine Mini-Löwin. Ihre Verehrer bellten und tobten und rannten noch kilometerweit hinter dem Wagen her, in dem Franzi saß.
Am Tag darauf brachte man uns Franzi wieder. Aber das war nicht mehr unsere Franzi. Sie hatte fast keine Haare mehr und sah aus wie eine nackte, rosafarbene Maus. Franzi selbst war höchst unzufrieden mit sich. Sie sprach kein Wort mit uns, sie wedelte nicht, sie starrte reglos zum Fenster hinaus.
Mit Franzi kamen auch die Hundescharen zurück. Das Gebelle und Gejaule war schlimmer als zuvor. Es waren jetzt nicht mehr nur die Hunde unseres Wohnviertels, alle Hunde kamen. Sogar zwei Eskimohunde waren darunter; sie mußten sich von ihrem

Schlitten losgerissen haben und waren direkt vom Nordpol herbeigeeilt.
Einer der wildesten Verehrer riß mit seiner mächtigen Tatze unsere Türklinke ab. Da riefen wir die Polizei an. Aber wir bekamen keine Verbindung.
Rafi, mein ältester Sohn, schlug vor, die Sträucher im Garten anzuzünden. Vielleicht würden die Hunde dann weglaufen. Aber um das zu tun, hätten wir das Haus verlassen müssen, und das trauten wir uns nicht.
Plötzlich stand Zulu mitten in der Küche. Er mußte den Weg über das Dach genommen haben. Während ich versuchte ihn mit Gewalt aus unserer Küche zu vertreiben, suchte meine Familie Deckung hinter den umgestürzten Möbeln. Endlich hatte ich es geschafft. Zulu verschwand.
Und mit einemmal hörte auch das Bellen auf. Alle Hunde waren verschwunden.
Vorsichtig steckte ich den Kopf zur Türe hinaus. Alles blieb ruhig. Allem Anschein nach war ein Wunder passiert.
Jetzt ist alles wieder beim alten. Aus Franzi, der rosafarbenen Maus, ist wieder eine Hündin mit weißem Fell geworden, die sich nur für Menschen interessiert. Für die Hunde der Nachbarschaft hat sie kein Auge mehr.
Woher allerdings die kleinen Schnauzer-Babies kommen, die Franzi gestern geworfen hat, wissen wir auch nicht.

wöhnen, auf den Teppich oder anderswohin zu pinkeln. „Vielleicht sollten wir sie abrichten lassen“, antwortete ich daher meiner Frau. Dieser Einfall kam mir, als ich den deutschen Schäferhund Zulu sah, der in unserer Straße wohnt. Er kommt täglich zweimal mit Dragomir, dem bekannten staatlich geprüften Hundetrainer, an unserem Haus vorbei.
„Geh und rede mit Dragomir“, murmelte meine Frau.
Dragomir, ein untersetzter Mann in mittleren Jahren, versteht die Sprache der Tiere. Mit den Menschen hat er allerdings Verständigungsschwierigkeiten. Er lebt erst seit dreißig Jahren in Israel und kann sich nur in seiner kroatischen Muttersprache fließend ausdrücken.
„Was ist das?“ fragte er bei Franzis Anblick. „Wo haben Sie es genommen her?“
„Das spielt keine Rolle“, antwortete ich ausweichend.
Dragomir hob Franzi hoch und schaute ihr tief in die Augen.
„Wie Sie füttern diese Hund?“
Ich erzählte ihm, daß Franzi viermal am Tag ihre Lieblingssuppe bekäme und einmal entweder Steaks mit Nudeln oder Gemüse mit Fleisch und dazwischen je nachdem Cremerollen, Waffeln oder türkischen Honig.
„Schlecht und falsch“, meinte Dragomir. „Hund nur einmal am Tag bekommt Futter und Schluß. Wo macht Hund hin?“
Ich verstand nicht sofort, was er meinte. Dragomir wurde deutlicher:
„Wo pischt? Wo kackt?“

„Immer im Haus“, wehklagte ich. „Nie im Garten. Da hilft kein Bitten und kein Schimpfen.“
„Hund immer hinmacht, wo hat erstemal hingemacht“, erklärte der staatliche Trainer. „Wie oft hat bis jetzt hingemacht im Haus?“
Ich versuchte, es schnell im Kopf auszurechnen:
„Ungefähr fünfhundert Mal.“
„Mati moje! Sie müssen Hund verkaufen!“ Und Dragomir machte mich mit der erschütternden Tatsache vertraut, daß Franzi sich mittlerweile daran gewöhnt hätte, den Garten als ihre Wohnung anzusehen und das Haus als Toilette.
„Aber dagegen muß sich doch etwas machen lassen, Meister!“ flehte ich. „Wir zahlen Ihnen jeden Betrag!“
Der staatliche Trainer überlegte.
„Gut“, entschied er dann. „Erstes von allem: Sie müssen anbinden Hund. Ich bringe Kette.“
Am nächsten Morgen erschien Dragomir mit einer Ankerkette, befestigte das eine Ende an einem Besenstiel, den er im hintersten Winkel des Gartens in die Erde rammte, und band Franzi am anderen Ende der Kette fest.
„So. Hier bleibt Hund ganze Zeit. Einmal täglich man bringt ihm etwas Futter. Sonst niemand darf in seine Nähe kommen.“
„Aber wie soll die arme Franzi das aushalten“, protestierte ich, lautstark unterstützt von Frau und Kindern.
„Franzi braucht Gesellschaft ... Franzi braucht Liebe ... sie wird weinen ...“
„Soll weinen“, beharrte Dragomir erbarmungslos. „Ich sage, was

# Schwierigkeiten mit der Dressur

Franzi hat die Herrschaft über unseren Haushalt übernommen. Beim ersten Morgengrauen springt sie in unser Ehebett, schleckt uns wach und beginnt, an den herumliegenden Gegenständen zu kauen. Ihren kleinen, spitzen Zähnchen sind bereits mehrere Hausschuhe und Bettvorleger, ein Radio, ein Kabel und einige Bücher zum Opfer gefallen. Als sie an den Füßen meines Schreibtischs zu knabbern begann, warf ich sie aus dem Zimmer. Seitdem kommt sie ständig zu mir.

„Ephraim“, fragte die beste Ehefrau von allen, „bist du dir sicher, daß wir unseren Hund richtig dressieren?“

Auch ich hatte schon öfter daran gezweifelt.

Franzi verbringt den größten Teil des Tages auf unseren Sesseln oder in unseren Betten. Sie empfängt jeden Fremden, der an der Tür erscheint, mit freundlichem Schwanzwedeln und bellt nur, wenn meine Frau sich an das Klavier setzt. Überdies wird sie immer dicker, da die Kinder sie ständig mit Kuchen und Schokolade füttern. Und das Schlimmste ist: Wir können es ihr nicht abge-

Die Zahl von Franzis Verehrern vor unserem Haus wuchs ständig. Wenn wir auf die Straße wollten, konnten wir uns nur noch mit dem Besen einen Weg bahnen.
„Papi“, sagte mein Sohn Amir, „warum läßt du sie nicht hinaus?“
„Franzi ist noch viel zu jung“, antwortete ich ihm.
Währenddessen stand Franzi am Fenster, wedelte mit dem Schwanz und schaute sehnsüchtig zu der Hundeschar hinunter. Sie fraß nicht mehr, sie trank nicht mehr, sie schlief nicht mehr. Da beschlossen wir, Franzi zu retten. Wahrscheinlich lag es an ihrem wunderschönen, silbergrauen, langhaarigen Fell, daß die Hunde wie verrückt nach ihr waren. Wir mußten sie scheren lassen.
Am nächsten Tag kamen zwei Männer, kämpften sich durch die Hundehorden, die unseren Garten besetzt hielten, hindurch und nahmen Franzi mit sich. Franzi wehrte sich wie eine Mini-Löwin. Ihre Verehrer bellten und tobten und rannten noch kilometerweit hinter dem Wagen her, in dem Franzi saß.
Am Tag darauf brachte man uns Franzi wieder. Aber das war nicht mehr unsere Franzi. Sie hatte fast keine Haare mehr und sah aus wie eine nackte, rosafarbene Maus. Franzi selbst war höchst unzufrieden mit sich. Sie sprach kein Wort mit uns, sie wedelte nicht, sie starrte reglos zum Fenster hinaus.
Mit Franzi kamen auch die Hundescharen zurück. Das Gebelle und Gejaule war schlimmer als zuvor. Es waren jetzt nicht mehr nur die Hunde unseres Wohnviertels, alle Hunde kamen. Sogar zwei Eskimohunde waren darunter; sie mußten sich von ihrem

Schlitten losgerissen haben und waren direkt vom Nordpol herbeigeeilt.

Einer der wildesten Verehrer riß mit seiner mächtigen Tatze unsere Türklinke ab. Da riefen wir die Polizei an. Aber wir bekamen keine Verbindung.

Rafi, mein ältester Sohn, schlug vor, die Sträucher im Garten anzuzünden. Vielleicht würden die Hunde dann weglaufen. Aber um das zu tun, hätten wir das Haus verlassen müssen, und das trauten wir uns nicht.

Plötzlich stand Zulu mitten in der Küche. Er mußte den Weg über das Dach genommen haben. Während ich versuchte ihn mit Gewalt aus unserer Küche zu vertreiben, suchte meine Familie Deckung hinter den umgestürzten Möbeln. Endlich hatte ich es geschafft. Zulu verschwand.

Und mit einemmal hörte auch das Bellen auf. Alle Hunde waren verschwunden.

Vorsichtig steckte ich den Kopf zur Türe hinaus. Alles blieb ruhig. Allem Anschein nach war ein Wunder passiert.

Jetzt ist alles wieder beim alten. Aus Franzi, der rosafarbenen Maus, ist wieder eine Hündin mit weißem Fell geworden, die sich nur für Menschen interessiert. Für die Hunde der Nachbarschaft hat sie kein Auge mehr.

Woher allerdings die kleinen Schnauzer-Babies kommen, die Franzi gestern geworfen hat, wissen wir auch nicht.

wöhnen, auf den Teppich oder anderswohin zu pinkeln. „Vielleicht sollten wir sie abrichten lassen“, antwortete ich daher meiner Frau. Dieser Einfall kam mir, als ich den deutschen Schäferhund Zulu sah, der in unserer Straße wohnt. Er kommt täglich zweimal mit Dragomir, dem bekannten staatlich geprüften Hundetrainer, an unserem Haus vorbei.

„Geh und rede mit Dragomir“, murmelte meine Frau.

Dragomir, ein untersetzter Mann in mittleren Jahren, versteht die Sprache der Tiere. Mit den Menschen hat er allerdings Verständigungsschwierigkeiten. Er lebt erst seit dreißig Jahren in Israel und kann sich nur in seiner kroatischen Muttersprache fließend ausdrücken.

„Was ist das?“ fragte er bei Franzis Anblick. „Wo haben Sie es genommen her?“

„Das spielt keine Rolle“, antwortete ich ausweichend.

Dragomir hob Franzi hoch und schaute ihr tief in die Augen.

„Wie Sie füttern diese Hund?“

Ich erzählte ihm, daß Franzi viermal am Tag ihre Lieblingssuppe bekäme und einmal entweder Steaks mit Nudeln oder Gemüse mit Fleisch und dazwischen je nachdem Cremerollen, Waffeln oder türkischen Honig.

„Schlecht und falsch“, meinte Dragomir. „Hund nur einmal am Tag bekommt Futter und Schluß. Wo macht Hund hin?“

Ich verstand nicht sofort, was er meinte. Dragomir wurde deutlicher:

„Wo pischt? Wo kackt?“

„Immer im Haus“, wehklagte ich. „Nie im Garten. Da hilft kein Bitten und kein Schimpfen.“
„Hund immer hinmacht, wo hat erstemal hingemacht“, erklärte der staatliche Trainer. „Wie oft hat bis jetzt hingemacht im Haus?“
Ich versuchte, es schnell im Kopf auszurechnen:
„Ungefähr fünfhundert Mal.“
„Mati moje! Sie müssen Hund verkaufen!“ Und Dragomir machte mich mit der erschütternden Tatsache vertraut, daß Franzi sich mittlerweile daran gewöhnt hätte, den Garten als ihre Wohnung anzusehen und das Haus als Toilette.
„Aber dagegen muß sich doch etwas machen lassen, Meister!“ flehte ich. „Wir zahlen Ihnen jeden Betrag!“
Der staatliche Trainer überlegte.
„Gut“, entschied er dann. „Erstes von allem: Sie müssen anbinden Hund. Ich bringe Kette.“
Am nächsten Morgen erschien Dragomir mit einer Ankerkette, befestigte das eine Ende an einem Besenstiel, den er im hintersten Winkel des Gartens in die Erde rammte, und band Franzi am anderen Ende der Kette fest.
„So. Hier bleibt Hund ganze Zeit. Einmal täglich man bringt ihm etwas Futter. Sonst niemand darf in seine Nähe kommen.“
„Aber wie soll die arme Franzi das aushalten“, protestierte ich, lautstark unterstützt von Frau und Kindern.
„Franzi braucht Gesellschaft ... Franzi braucht Liebe ... sie wird weinen ...“
„Soll weinen“, beharrte Dragomir erbarmungslos. „Ich sage, was

Sie tun, Sie tun, was ich sage. Sonst alles hat keinen Sinn. Sonst besser Sie verkaufen Hund sofort."
„Alles, nur das nicht!" stöhnte ich im Namen meiner Familie. „Wir werden alle Ihre Anordnungen befolgen. Was bekommen Sie für den Kurs?"
„Einhundertfünfzig ohne Empfangsbestätigung", antwortete Dragomir in erstaunlich gutem Hebräisch.
Franzi begann zu winseln.
Schon am Nachmittag weinten alle im Haus. Die Kinder schauten mit traurigen Blicken nach Franzi, nach der einsamen, hungrigen, angebundenen Franzi. Renana hielt es nicht länger aus und legte sich schluchzend neben sie. Amir bat mich mit flehend aufgehobenen Händen, das arme Tier loszubinden. Auch meine Frau beschwor mich: „Wenigstens für eine Viertelstunde. Für zehn Minuten. Für fünf Minuten..."
„Also schön. Fünf Minuten..."
Laut bellend sauste Franzi ins Haus, sprang an uns hoch und bedachte uns mit Liebesbezeugungen. Die Nacht verbrachte sie im Kinderzimmer. Dort schlief sie, nachdem sie Schokolade, Kuchen und ein Paar Hausschuhe gefressen hatte, friedlich in Amirs Bettchen ein.
Am nächsten Morgen läutete das Telefon. Es war Dragomir.
„Wie hat Hund genachtet?"
„Alles in bester Ordnung", antwortete ich.
„Viel gebellt?"
„Ja, aber damit muß man sich abfinden." Während ich dies sagte,

Was ist das?

versuchte ich, Franzi daran zu hindern, mein Brillengestell anzuknabbern.
Dragomir schärfte mir ein, seine Vorschriften unbedingt einzuhalten. Gerade jetzt, am Anfang der Dressur, sei Härte notwendig.
„Da bin ich ganz Ihrer Meinung“, bestätigte ich. „Sie können sich auf mich verlassen. Wenn ich schon so viel Geld ausgebe, dann will ich auch einen Erfolg sehen. Ich bin ja nicht verrückt.“
Nach diesen Worten legte ich den Hörer auf und entfernte vorsichtig das Telefonkabel aus Franzis Schnauze.
Mittags stürzte Amir schreckensbleich ins Wohnzimmer.
„Dragomir kommt“, rief er, „schnell!“
Wir wickelten Franzi aus der Klavierdecke, rannten mit ihr in den Garten und banden sie an der Kette fest. Als Dragomir hereinkam, saßen wir alle beim Mittagessen.
„Wo ist Hund?“ fragte der Trainer barsch.
„Wo wird er schon sein? Natürlich dort, wo er hingehört. Im Garten. An der Kette.“
„Richtig und gut.“ Dragomir nickte anerkennend. „Nicht loslassen.“
Tatsächlich blieb Franzi bis gegen Ende des Essens im Garten. Erst zum Nachtisch holte Amir sie herein und fütterte sie mit Kuchen und Obst. Franzi war glücklich, schien aber ein wenig verwirrt. Auch in den kommenden Wochen konnte sie nicht begreifen, warum sie immer angebunden wurde, wenn der fremde Mann auftauchte. Nach seinem Verschwinden brachten wir sie immer gleich wieder ins Haus zurück.

Von Zeit zu Zeit erstatteten wir Dragomir genauen Bericht über Franzis Fortschritte. Wir baten ihn um Ratschläge, und an dem Dienstag, als Franzi unser schönstes Tischtuch zerrissen hatte, gaben wir ihm freiwillig eine Honorarzulage von fünfzig Mark. Eine Woche später beging Dragomir einen schweren Fehler: Er erschien unangemeldet in unserem Haus.

Dies passierte folgendermaßen: Zulu, der Schäferhund, hatte den Postboten ins Bein gebissen. Sein Besitzer rief Dragomir an, er sollte Zulu bestrafen. Und da Dragomir in der Nähe war, kam er gleich auch bei uns vorbei. Ohne zu läuten betrat er das Haus und ging ins Kinderzimmer. Dort fand er Amir und Franzi eng umschlungen vor dem Fernsehapparat. Beide verspeisten gerade gemeinsam eine große Tüte Popcorn.

„Das ist Garten?“ brüllte Dragomir. „Das ist Hund angebunden?“

„Nicht böse sein, Onkel“, entschuldigte sich Amir. „Wir haben nicht gewußt, daß du kommst.“

Renana begann zu heulen, Franzi begann zu bellen, Dragomir brüllte weiter. Ich stürzte herbei und schrie ebenfalls. Meine Frau stand daneben und wartete, bis wieder Ruhe war.

„Was wünschen Sie?“ fragte sie dann und tat so, als sähe sie Dragomir zum ersten Mal.

„Ich wünschen? Sie wünschen! Sie wollen haben Hund stubenrein. So nicht. So wird immer in Haus überall hinmachen!“

„Na, wenn schon. Dann wische ich es eben auf. Ich, nicht Sie.“

„Aber –“, sagte Dragomir.

„Hinaus!“ sagte die beste Ehefrau von allen.

Seitdem herrscht Ruhe in unserem Haus. Franzi frißt Pantoffeln und Teppiche, wird immer dicker und pinkelt, wohin sie will. Meine Frau läuft mit einem Aufwischtuch hinter ihr her, die Kinder klatschen vor Vergnügen in die Hände, und wir sind uns alle darüber einig, daß nichts über einen gut erzogenen Rassehund geht, der eigens aus Europa eingeführt wurde.

© 1990 Georg Lentz Verlag
in der F. A. Herbig Verlagsbuchhandlung GmbH, München
mit Genehmigung des Albert Langen – Georg Müller Verlags, München
Alle Rechte, auch der photomechanischen Vervielfältigung und des
auszugsweisen Abdrucks, vorbehalten.
Druck und Bindung: Mohndruck, Gütersloh
Umschlaggestaltung: Wolfgang Heinzel, unter Verwendung
eines Bildes von Friedrich Kohlsaat
Printed in Germany
ISBN 3-88010-193-0